COLLECTION DE M. V***

Tableaux Modernes

GRAVURES

M. PAUL CHEVALLIER

M. GEORGES PETIT

M. J. MANCINI

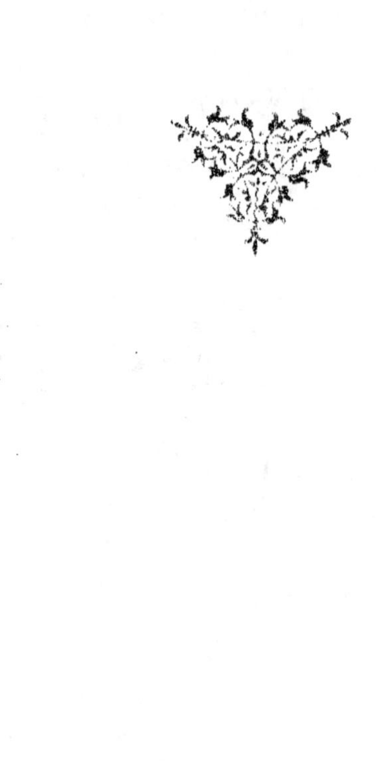

CATALOGUE

DE

TABLEAUX

PAR

BILLOTTE, COROT, DAMOYE, DELPY
B. DESGOFFE, LAZERGES, LEBOURG, MEISSONIER, PASINI
PLASSAN, ROYBET, STEVENS, THORNLEY, ZIEM

GRAVURES MODERNES

Composant la Collection de M. V***

ET DONT LA VENTE AURA LIEU

HOTEL DROUOT, SALLE N° 6

Le Samedi 5 Mars 1904

à deux heures et demie

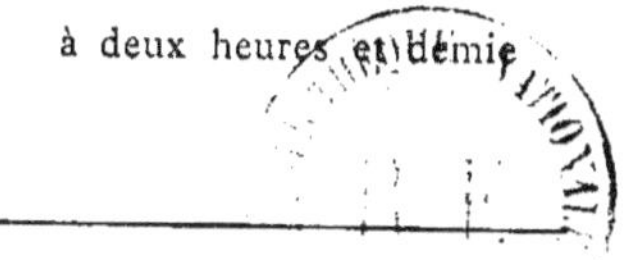

COMMISSAIRE-PRISEUR

Me PAUL CHEVALLIER, 10, Rue Grange-Batelière

EXPERTS

M. GEORGES PETIT | **M. J. MANCINI**
12, Rue Godot-de-Mauroi | 45, Avenue de l'Opéra

EXPOSITION PUBLIQUE

Le Vendredi 4 Mars 1904, de 1 heure et demie à 5 heures et demie.

CONDITIONS DE LA VENTE

La vente sera faite au comptant.

Les acquéreurs payeront *dix pour cent* en sus des prix d'adjudication.

Paris. — Imp. Georges Petit, 12, rue Godot-de-Mauroi. — 14027-04.

TABLEAUX

BILLOTTE (René)

1 — *Les Bords de la Seine.*

>Signé à droite, en bas.

>>Toile. Haut., 65 cent.; larg., 80 cent.

COROT

2 — *Paysage dans la forét de Fontainebleau.*

>Au premier plan, à l'ombre d'un bouquet de gros arbres, trois femmes sont assises.
>Au fond, à gauche, on aperçoit l'horizon.
>Au ciel courent de gros nuages blancs.
>A droite, en bas, le cachet de la vente.

>>Toile. Haut., 33 cent.; larg., 37 cent.

DAMOYE

3 — *La Mare aux canards.*

>Signé à gauche, en bas, et daté : 80.

>>Panneau. Haut., 33 cent.; larg., 59 cent.

DAMOYE

4 — *Le Moulin à vent.*

Signé à droite, en bas, et daté : 79.

Panneau. Haut., 34 cent.; larg., 60 cent.

DELPY

5 — *Soleil couchant à Port-Pinché.*

Signé à gauche, en bas.

Panneau. Haut., 40 cent.; larg., 70 cent.

DELPY

6 — *L'Approche de l'orage.*

Signé à droite, en bas.

Panneau. Haut., 34 cent.; larg., 61 cent.

DELPY

7 — *Portijoie.*

Signé à droite, en bas.

Panneau. Haut., 46 cent.; larg., 71 cent.

DELPY

8 — *Le Coup de vent sur la rivière.*

Signé à gauche, en bas.

Panneau. Haut., 30 cent.; larg., 53 cent.

DELPY

9 — *Matinée d'été à Port-Mort.*

Signé à droite, en bas.

Panneau. Haut., 42 cent.; larg., 66 cent.

DELPY

10 — *Les Bords de la Seine en automne.*

Signé à gauche, en bas.

Panneau. Haut., 34 cent.; larg , 60 cent.

DELPY

11 — *Le Village de Portijoie et les bords de la Seine en automne.*

Signé à droite, en bas.

Panneau. Haut., 29 cent.; larg., 52 cent.

DELPY

12 — *Les Bords de la Seine à Mantes.*

Signé à gauche, en bas, et daté : *78.*

Panneau. Haut., 31 cent.; larg., 45 cent.

DELPY

13 — *Les Bords de la Seine.*

Signé à droite, en bas.

Panneau. Haut., 34 cent.; larg., 60 cent.

DESGOFFES (Blaise)

14 — *Nature morte : la buire en agate.*

Signé à droite, en bas.

Toile. Haut., 51 cent.; larg., 34 cent.

DESGOFFES (Blaise)

15 — *Nature morte : le buste.*

Signé à gauche, en bas.

Toile. Haut., 35 cent.; larg., 27 cent.

GEORGET

16 — *Un Chemin à l'orée du bois.*

Signé à droite, en bas.

Toile. Haut., 55 cent.; larg., 37 cent.

GRIMELUND

17 — *L'Entrée du port d'Anvers.*

Signé à gauche, en bas, et daté : *84.*

Haut., 40 cent.; larg., 64 cent.

JAPY

18 — *Moutons dans les landes.*

Signé à droite, en bas, et daté : *91.*

Toile. Haut., 51 cent.; larg., 60 cent.

LAZERGES (Paul)

19 — *Un Gourbis au soleil couchant.*

Sur les rives d'un oued aux eaux transparentes, des Arabes sont assis; à côté d'eux, une femme puise de l'eau dans la rivière.

Au second plan sont édifiées des tentes d'où s'échappent des fumées légères qui montent lentement dans le ciel.

L'horizon est borné par des bouquets de palmiers.

Signé à gauche, en bas, et daté : *1899.*

Toile. Haut., 1 m. 15 ; larg., 1 m. 45.

LAZERGES (Paul)

20 — *La Caravane en marche.*

Signé à droite, en bas, et daté : *93.*

Panneau. Haut., 50 cent.; larg., 60 cent.

LAZERGES (Paul)

21 — *Une Caravane de chameaux en marche.*

Signé à gauche, en bas, et daté : *93.*

Toile. Haut., 60 cent.; larg., 50 cent

LAZERGES (Paul)

22 — *Chameaux à l'abreuvoir.*

Signé à droite, en bas, et daté : *93.*

Toile. Haut., 47 cent.; larg., 38 cent.

LAZERGES (Paul)

23 — *Un Oued aux environs d'El-Kantara.*

Signé à droite, en bas, et daté : *96*.

Toile. Haut., 52 cent.; larg., 61 cent.

LAZERGES (Paul)

24 — *La Réunion du chef.*

Signé à droite, en bas.

Toile. Haut., 64 cent.; larg., 80 cent.

LAZERGES (Paul)

25 — *Moulin arabe à Raz-el-Guériah.*

Signé à droite, en bas, et daté : *98*.

Toile. Haut., 55 cent.; larg., 65 cent.

LAZERGES (Paul)

26 — *Le Désert vu du col de Sfax.*

Signé à droite, en bas, et daté : *93*.

Toile. Haut., 60 cent.; larg., 73 cent.

LEBOURG

27 — *Un Matin sur le petit bras de la Marne, à Charenton.*

Signé à droite, en bas.

Toile. Haut., 46 cent. ; larg., 60 cent.

LEBOURG

28 — *Les Bords de l'Ain.*

Signé à gauche, en bas

Toile. Haut., 5o cent.; larg., 65 cent.

LEBOURG

29 — *Les Chalands à quai.*

Signé à gauche, en bas, et daté : *1880.*

Toile. Haut., 3i cent.; larg., 57 cent.

LEBOURG

3o — *Bougival en été.*

Signé à gauche, en bas.

Toile. Haut., 35 cent.; larg., 65 cent.

LEBOURG

3i — *Le Cottage.*

Signé à droite, en bas.

Toile. Haut., 46 cent.; larg., 65 cent.

LEBOURG

32 — *Le Chemin du village au soleil.*

Signé à gauche, en bas.

Toile. Haut., 46 cent.; larg., 65 cent.

LEBOURG

33 — *Le Bas-Meudon.*

Signé à gauche, en bas.

Toile. Haut.. 47 cent. ; larg., 67 cent.

LEBOURG

34 — *Une Rue d'Auvergne par la neige.*

Signé à droite, en bas.

Toile. Haut., 55 cent. ; larg., 45 cent.

LEBOURG

35 — *L'Avant-port d'Honfleur, à marée basse.*

Signé à droite, en bas.

Toile. Haut., 36 cent.; larg., 65 cent.

MATHON

36 — *L'Arques aux environs de Dieppe.*

Signé à droite, en bas.

Toile. Haut.. 46 cent. ; larg., 55 cent.

Le Soupçon

MEISSONIER

37 — *Le Soupçon*.

Près de la porte close, appuyé contre le mur, le Vénitien, vêtu de noir et blanc, attend ; la rapière passe, du pommeau et de la pointe, sous les plis du manteau.

La main gauche s'appuie à la hanche, la main droite est élevée jusqu'à la bouche. La tête, vue de profil, est penchée en avant et coiffée d'une toque noire.

Signé à droite, en bas.

Panneau. Haut., 51 cent.; larg., 35 cent.

(Collection Seney)

MONTICELLI (Attribué à)

38 — *Une Fête à Venise.*

Panneau. Haut., 40 cent.; larg., 75 cent.

PASINI

39 — *Le Combat.*

Dans une plaine à l'herbe drue, deux groupes de cavaliers sont aux prises, tandis qu'à l'horizon, à gauche, de
gros nuages noirs courent au ciel.

Signé à droite, en bas, et daté : *65.*

Panneau. Haut., 36 cent.; larg., 60 cent

PLASSAN

40 — *Le Compliment galant.*

Signé à droite, en bas.

Panneau. Haut., 13 cent.; larg., 20 cent.

ROYBET

41 — *Un Enlèvement.*

Au premier plan, dans une chevauchée terrible, des
cavaliers passent, portant sur la croupe de leurs chevaux
des femmes à moitié nues.

Au fond, la fumée d'un incendie.

Signé à droite, en bas.

Toile. Haut., 67 cent.; larg., 82 cent.

STEVENS

42 — *A marée haute.*

Signé à gauche, en bas, et daté : *82*.

Panneau. Haut., 26 cent.; larg., 40 cent.

THORNLEY

43 — *Un Village dans le brouillard, le matin.*

Signé à droite, en bas.

Toile. Haut., 58 cent.; larg., 72 cent.

ZIEM

44 — *La Gondole.*

Élégante et rapide, elle passe sur les eaux bleutées du canal, portant des personnages qu'abrite une tente d'étoffe rouge.

Signé à gauche, en bas.

Panneau. Haut., 27 cent.; larg., 5o cent.

ZIEM

45 — *Le Bateau d'Ulysse.*

Des rochers de la côte, les sirènes appellent de leur voix enchanteresse le bateau d'Ulysse, qui vogue vers elles toutes voiles dehors.

Signé à droite, en bas.

Toile. Haut., 56 cent.; larg., 85 cent.

GRAVURES

BOULARD

46 — *Mon ancien régiment.*

> D'après E. Detaille.
> Épreuve d'artiste sur parchemin.

BRACQUEMOND

47 — *Printemps.*

> D'après J.-F. Millet.
> Épreuve de remarque sur parchemin.

BRACQUEMOND

48 — *Automne.*

> D'après J.-F. Millet.
> Épreuve de remarque sur parchemin.

BRACQUEMOND

49 — *David.*

> D'après Gustave Moreau.
> Épreuve d'artiste sur parchemin.

BRACQUEMOND

50 — *Labor.*

>D'après J.-F. Millet.
>Épreuve d'artiste sur parchemin.

BRACQUEMOND

51 — *La Rixe.*

>D'après E. Meissonier.
>Épreuve d'artiste sur parchemin.

CHAUVEL

52 — *Ville-d'Avray.*

>D'après C. Corot.
>Épreuve d'artiste sur japon.

LE RAT

53 — *La Vedette.*

>D'après Meissonier.
>Épreuve d'artiste sur japon.

MATHEY

54 — *Les Enfants de Charles Ier.*

>D'après Van Dyck.
>Épreuve d'artiste sur parchemin.

MATHEY

55 — *Charles Ier.*

>D'après Van Dyck.
>Épreuve d'artiste sur parchemin.

MATHEY

56 — *Charles le Téméraire.*

D'après Roybet.
Épreuve de remarque sur parchemin.

MATHEY

57 — *Charles le Téméraire.*

D'après Roybet.
Épreuve de remarque sur parchemin.

MATHEY

58 — *Charles le Téméraire.*

D'après Roybet.
Épreuve de remarque sur parchemin.

MILIUS

59 — *Vedette arabe.*

D'après Ad. Schreyer.
Épreuve de remarque sur parchemin.

MILIUS

60 — *Embarras du choix.*

D'après F. Roybet.
Épreuve de remarque sur parchemin.

WALTNER

61 — *L'Amour et Psyché.*

D'après Paul Baudry.
Épreuve de remarque sur parchemin.

www.ingramcontent.com/pod-product-compliance
Lightning Source LLC
LaVergne TN
LVHW012135170726
843501LV00008BC/3204